尼尼要坐噗噗巴士！

圖 原愛美　文 Keropons　譯 米雅

尼ㄋㄧˊ尼ㄋㄧˊ和ㄏㄜˋ小ㄒㄧㄠˇ桃ㄊㄠˊ子ㄗˇ
一ㄧˋ起ㄑㄧˇ玩ㄨㄢˊ的ㄉㄜ˙時ㄕˊ候ㄏㄡˋ，突ㄊㄨˊ然ㄖㄢˊ……

噗噗 ——！

來_{ㄌㄞˊ}了_{ㄌㄜˇ}一_{ㄧˊ}輛_{ㄌㄧㄤˋ}巴_{ㄅㄚˉ}士_{ㄕˋ}……

「我放學了！」
有一位小朋友下車。
「啊！是小栗子！」

「小栗子？」
「是我姐姐啦！」

「 小ㄒㄧㄠˇ桃ㄊㄠˊ子ˇ， 這ㄓㄜˋ個ㄍㄜˋ禮ㄌㄧˇ物ˋ給ㄍㄟˇ你ㄋㄧˇ。 」
「 謝ㄒㄧㄝˋ謝ㄒㄧㄝ ！ 」

「我下次要坐噗噗巴士，
和小栗子一起去
大草原幼兒園唷！」
「噗噗巴士……？」

那天晚上，
尼尼說：「尼尼也要
坐噗噗巴士！」

「噗ㄆㄨ噗ㄆㄨ巴ㄅㄚ士ㄕˋ？」

「啊！你是在說
大草原幼兒園的
噗噗巴士，是吧？
好唷，尼尼就和小桃子
一起坐車吧！」

「明天嗎？
還是明天的明天？」
「沒那麼快啦！」

「什麼時候坐巴士？明天嗎？
還是明天的明天？」

「還[ㄏㄞˊ]沒[ㄇㄟˊ]喔[ㄛˉ]……」

「我今天就要坐巴士！
現在就要！」

「呵ㄜ呵ㄜ呵ㄜ！
那ㄋㄚ我ㄨㄛ們ㄇㄣ今ㄐㄧㄣ天ㄊㄧㄢ去ㄑㄩ找ㄓㄠ
噗ㄨ噗ㄨ巴ㄅㄚ士ㄕ，好ㄏㄠ嗎ㄇㄚ？」

「嗯ㄣ！」

「在ㄗㄞˋ哪ㄋㄚˇ裡ㄌㄧˇ？
在ㄗㄞˋ哪ㄋㄚˇ裡ㄌㄧˇ？
噗ㄆㄨ噗ㄆㄨ巴ㄅㄚ士ㄕˋ呢ㄋㄜ？」

「啊！ 在那裡！」
「這裡就是大草原幼兒園唷！」

「哇ㄨㄚ啊ㄚ！幼ㄧㄡ兒ㄦ園ㄩㄢ好ㄏㄠ大ㄉㄚ！」

「看起來好好玩！」

「　等_{ㄉㄥˇ}尼_{ㄋㄧˊ}尼_{ㄋㄧˊ}
再_{ㄗㄞˋ}長_{ㄓㄤˇ}大_{ㄉㄚˋ}一_ㄧ點_{ㄉㄧㄢˇ}，
就_{ㄐㄧㄡˋ}坐_{ㄗㄨㄛˋ}噗_{ㄆㄨ}噗_{ㄆㄨ}巴_{ㄅㄚ}士_{ㄕˋ}
去_{ㄑㄩˋ}上_{ㄕㄤˋ}學_{ㄒㄩㄝˊ}！」

「嗯ら！」

「是小栗子！」
「啊，尼尼！
你們在散步嗎？」

「嗯！等尼尼
再長大一點，
也要坐噗噗巴士唷！」

「耶！到時候我們一起坐巴士！」

「往大草原幼兒園的旅客，
請上車！」

「搭ㄉㄚ乘ㄔㄥˊ噗ㄆㄨ噗ㄆㄨ巴ㄅㄚ士ㄕˋGO！GO！GO！
要ㄧㄠˋ去ㄑㄩˋ大ㄉㄚˋ草ㄘㄠˇ原ㄩㄢˊ幼ㄧㄡˋ兒ㄦˊ園ㄩㄢ嘍ㄌㄡ！」

本 0359

尼尼要坐噗噗巴士！

圖｜原愛美　文｜Keropons　譯｜米雅

任編輯｜張佑旭　美術設計｜蕭華　行銷企劃｜張家綺

下雜誌群創辦人｜殷允芃　董事長兼執行長｜何琦瑜

體暨產品事業群

經理｜游玉雪　副總經理｜林彥傑

編輯｜林欣靜　行銷總監｜林育菁

總監｜蔡忠琦　版權主任｜何晨瑋、黃微真

版者｜親子天下股份有限公司　地址｜台北市 104 建國北路一段 96 號 4 樓

話｜（02）2509-2800　傳真｜（02）2509-2462　網址｜www.parenting.com.tw

者服務專線｜（02）2662-0332　週一～週五：09:00～17:30

真｜(02)2662-6048　客服信箱｜parenting@service.cw.com.tw

律顧問｜台英國際商務法律事務所‧羅明通律師

版印刷｜中原造像股份有限公司

經銷｜大和圖書有限公司　電話｜(02)8990-2588

版日期｜2024 年 5 月第一版第一次印行

價｜300 元　書號｜BKKP0359P　ISBN｜978-626-305-788-3（精裝）

購服務 ----------------------------

子天下 Shopping｜shopping.parenting.com.tw

外‧大量訂購｜parenting@cw.com.tw

香花園｜台北市建國北路二段 6 巷 11 號　電話｜(02)2506-1635

撥帳號｜50331356 親子天下股份有限公司

圖　**原愛美**

插畫家、藝術總監。
從人物設計至廣告界，創作跨足多領域。
以自家孩子兩歲時的模樣當參考，設計出寫實、惹人憐愛的小尼尼形象。

文　**Keropons**

增田裕子（Kero）和平田明子（Pon）所組成的音樂團體。為孩子量身訂作合適的歌詞、歌曲，並為之編舞。除了親子演唱會之外，也在幼教人員相關講座中進行演出。此外，亦發表繪本作品。

翻譯　**米雅**

插畫家、日文童書譯者，畢業於政大東語系日文組，大阪教育大學教育學碩士。代表作有：《比利 FUN 學巴士成長套書》（三民）、《小鱷魚家族：多多和神奇泡泡糖》（小熊）等。更多訊息都在「米雅散步道」FB 專頁及部落格。

國家圖書館出版品預行編目 (CIP) 資料

尼尼要坐噗噗巴士！/ 原愛美圖；Keropons 文；米雅譯. -- 第一版. --
臺北市：親子天下股份有限公司，2024.05
40 面；20*19 公分 . -- (繪本；359)
國語注音
ISBN 978-626-305-788-3(精裝)
1.SHTB: 生活體驗 --0-3 歲幼兒讀物

861.599　　　　　　　　　　　　　　113003738

立即購買 >